Un Cuento Azteca de Amistad

El Camino Hacia la Liberación y el Empoderamiento

Adria M. Gutiérrez Concannon

Ilustrado por Verónica Greene

Un Cuento Azteca de Amistad
El Camino Hacia la Liberación y el Empoderamiento
Adria M. Gutiérrez Concannon
Adria Press, LLC

Publicado por Adria Press, St. Louis, MO

Editora y corrector de pruebas: Dra. Ana Montero
Ilustradora: Verónica Greene
Diseño de Portada e Interior: Davis Creative Publishing Partners, DavisCreative.com

Datos de catalogación en la publicación del editor
(Preparado por The Donohue Group, Inc.)

Nombres: Gutiérrez Concannon, Adria M., autora. | Greene, Verónica, ilustradora.
Título: Un cuento azteca de amistad : el camino hacia la liberación y el empoderamiento / Adria M. Gutiérrez Concannon ; ilustrado por Verónica Greene = An Aztec story of friendship : the road to liberation and empowerment / Adria M. Gutiérrez Concannon ; illustrated by Verónica Greene.
Otros títulos: Historia azteca de amistad
Descripción: St. Louis, MO : Adria Press, LLC, [2021] | Bilingüe. Versión completa en español seguida de la versión completa en inglés.
Identificadores: ISBN 9781737734406 (libro de bolsillo) | ISBN 9781737734413 (libro electronico)
Temas: LCSH: Amistad - Ficción. | Soledad - Ficción. | Discriminación sexual contra la mujer. | Liberty - Ficción. | Feminismo - Ficción. | Aztecas - Folklore. | LCGFT: Cuentos populares. | BISAC: FICCIÓN / Hispano y Latino. | FICCIÓN / Acción y Aventura. | FICCIÓN / Cuentos de hadas, cuentos populares, leyendas y mitología.
Clasificación: LCC PQ6707.U849 C84 2021 (impresión) | LCC PQ6707.U849 (libro electronico) | DDC 863.7--dc23

DEDICATORIA

Para ti, John K Concannon, tu amor por México y su cultura, y por el maravilloso ser humano que eternamente serás.
Parte de los ingresos irán al fondo de John K Concannon
https://charity.gofundme.com/o/en/campaign/johns-signet-ring-fund

Quisiera reconocer a Elizabeth Concannon, quien originalmente iba a ilustrar este libro. Ella fue parte de varias organizaciones de arte a través de su vida, y sus obras fueron galardonadas en distintos eventos artísticos en Estados Unidos. Hubiera sido un honor que ella fuera la ilustradora de este libro, pero desgraciadamente falleció antes de finalizarlo. Aquí se muestran algunas de las ilustraciones en las que trabajamos.

Un Cuento
Azteca de Amistad

Érase una vez una casa bonita en la bellamente vegetada y arbolada zona de Cuernavaca. En esa casa vivía una elegante pareja de esposos que habían deseado tener un hijo desde el momento en que habían contraído las nupcias. Habían hecho ceremonias y rituales especiales a los diferentes dioses para que les pudieran conceder engendrar un varón y cuando comprobaron que la mujer había quedado embarazada, esperaron con ansias el momento del nacimiento.

Según la tradición azteca, la comadrona gritaba cuando recibía a los recién nacidos varones antes de cortarles el cordón umbilical y envolverlos en una faja, ya que el parto era un combate y el bebé, un guerrero capturado. El padre había estado esperando oír el grito de la comadrona durante el parto, pero desgraciadamente nunca lo escuchó y en ese día tan esperado, los dioses les entregaron una tierna y saludable bebé. La tradición para las niñas era básicamente advertirles que habían venido a un lugar de cansancios, trabajos y congojas y su cordón umbilical era enterrado bajo las cenizas del hogar, ya que su destino era que no salieran de casa.

El padre, sobre todo, había quedado muy decepcionado y a lo largo del crecimiento de la bella bebé había sido muy frío y apartado hasta que la niña empezó a transformarse en una bellísima joven. Había seguido la tradición azteca y la casa se convirtió en una especie de prisión para la niña.

La niña Citlali, como la habían nombrado, vivía muy sola y encerrada por esa prohibición. No le era permitido salir a jugar, era muy tímida, se sentía avergonzada de ser mujer y tenía miedo de establecer relaciones. La niña buscaba comunicar y conversar con alguien que la pudiera entender y con quien se pudiera desahogar, iba frecuentemente al floreado jardín y se ponía a llorar, sin sospechar que alguien la estaba observando.

En el núcleo de las nochebuenas se encontraban los ciatos, que eran pequeñas personitas amarillas en el centro de la planta rodeadas de hermosas hojas rojas. Ellos eran hermafroditas y tenían un punto de vista que no era ni femenino, ni masculino, pero al mismo tiempo, reconocían el balance e igualdad que debería de existir entre los géneros. Ellos se percataban de su tristeza cada vez que salía al jardín y les causaba consternación, hasta que un día después de verla en un llanto incontrolable, decidieron establecer un plan para poder salvarla de esa injusta situación.

Eran siete compañeros que vivían juntos en esa nochebuena: Izel, Xaly, Yali, Neli, Iztli, Ameyali y Nochipa. Estas personitas no podían moverse ya que estaban permanentemente en el centro de las hojas de la planta y necesitaban alguna forma de comunicarse con Citlali. Definitivamente tenían que contar con el apoyo de alguno de sus amigos voladores: las abejas, los abejorros, las mariposas o las avispas, entre muchos otros. Se pusieron a deliberar porque sabían que tenían que encontrar a alguien que no asustara a la niña o que le causara desconfianza. Llegaron a la conclusión de que la que podría desempeñar esta tarea sería Papalotl, la colorida mariposa monarca.

Entonces, después de pasar una noche en vela pensando en la solitaria Citlali, a las primeras luces del alba se pusieron ansiosos a esperar a que

llegara la dichosa Papalotl a posarse sobre ellos para beber el elixir tan dulce que ellas proporcionaban. Era un elixir casi mágico y, de hecho, estas pequeñas personitas amarillas bilabiales poseían determinados poderes sobrenaturales, que usaban solo cuando era absolutamente necesario.

No pasó mucho tiempo cuando se posó sobre ellos muy sedienta Papalotl, la bellísima mariposa monarca, que conocía muy bien el frondoso jardín de la familia de Citlali. Apenas empezó a absorber el líquido preciado cuando la tomaron por sorpresa los ciatos.

"Papalotl, disculpa que te asustemos, pero queríamos pedirte un pequeño favor", le dijo Yali, el más valiente de los ciatos. A continuación, le mencionó la idea de hablar con Citlali para que viniera con ellos ya que tenían un consejo que darle para aliviarla de la soledad.

Por allá en las sombras había alguien que se estaba enterando del plan de los ciatos. Era la oruga Itzmin, que mantenía la forma de larva toda su vida y nunca llegaba a la fase de la crisálida ni se transformaba en mariposa para ser libre y bella. Le corroía la envidia de la libertad y belleza de las mariposas, por lo que Itzmin se iba a encargar de que el mensaje nunca le llegara a Citlali; ella también se sentía sola y sabía que su destino estaría marcado por ese impedimento, plantada en la tierra, siempre en la oscuridad, tal y como lo sufría la niña. Su marido era una peluda polilla que podía volar, pero sus horas siempre eran aquellas de la noche, de la oscuridad, por lo que habían decidido ser una pareja.

Los ciatos, preocupados por aliviar la tristeza de Citlali, pidieron a Papalotl que la convenciera de venir a hablar con ellos para darle sus recomendaciones y sacarla de su tormento.

Por otro lado, había un guapo niño llamado Tlapaltic que había escuchado el rumor de que vivía una niña hermosa cuyos padres le tenían prohibido salir. Era un joven de una familia modesta con valores muy profundos de civismo e inclusión. Había tenido un poco de problemas con sus padres porque él pensaba en la igualdad de la mujer y en dejar atrás las tradiciones arcaicas; por esa razón, además de un poco de curiosidad, se dio a la labor de investigar más acerca de la hermosa niña y ver la forma de rescatarla de su situación. Poco a poco fue preguntando, informándose de la manera como ponerse en contacto con los padres de la niña, cuyo nombre había descubierto que era Citlali.

Un bello día soleado que Citlali salió al jardín, Papalotl voló alrededor de ella, dudosa de si era la ocasión correcta para hablarle o no. Sin embargo, después de pensarlo un poco se lanzó en un vuelo dulce y se posó en unas flores cerca de ella. Papalotl también sabía que su propia belleza atraería la atención de la niña, y así lo fue, Citlali empezó a observarla y a admirar los atractivos colores de sus hermosas alas. La mariposa empezó a hablarle, primero era un murmullo apenas entendible, después empezó con más volumen hasta que la niña no podía creer que estaba escuchando a una mariposa hablar.

"Hola bella niña, mis amigos los ciatos, que tu conoces como nochebuenas, han visto como sales a llorar al jardín cuando estás sola y quieren ayudarte" dijo Papalotl.

Citlali muy sorprendida, primero de ver a una mariposa hablar y luego de saber que estaba siendo observada, respondió "La verdad no sé quién eres tú y tampoco quienes son los ciatos y si pueda confiar en ellos".

"No te preocupes, yo les conozco bien y lo único que quieren es verte feliz y libre", indicó Papalotl. La niña, después de dudar un poco, accedió a la invitación que le estaba haciendo la bella mariposa, por lo que quedaron un día en reunirse con los sabios ciatos.

Itzmin, la malvada oruga ya había hablado con su marido para sabotear el plan de los ciatos. Había estado muy atenta escuchando a la bella Papalotl hablar con Citlali y esa misma noche, le indicó a su marido Tzontli que fuera a comunicarse con Citlali y evitar que se reuniera con ellos.

Llegada la noche Tzonlti, la peluda polilla, se pudo introducir a la recámara de Citlali y posándose justo al lado de su cama, escondido, empezó a susurrar, muy quedo, pero claro, palabras que confundieran a Citlali de no confiar en Papalotl. Lo hizo de tal manera que pareciera como si la niña lo estuviera soñando.

La mañana siguiente Citlali amaneció cansada, como si hubiera tenido una pesadilla, cuyo personaje principal había sido Papalotl. Se puso a pensar, "¿Será esta mariposa alguien en quien pueda confiar, estará diciendo la verdad sobre los ciatos?"

Al llegar el día esperado para la dichosa reunión, que era uno soleado y con una temperatura primaveral, como era bien conocida esa ciudad de Cuernavaca, Papalotl, Izel, Xaly, Yali, Neli, Iztli, Ameyali y Nochipa se pusieron a esperar la llegada de Citlali.

Citlali por su parte había pensado detenidamente en esa pesadilla, cuyo mensaje era de no hacer caso a la mariposa, y de no reunirse con esas personitas. Se sintió un poco confundida, por una parte, algo le decía que en realidad estos personajes le deseaban el bien, pero por otra parte había algo de duda y también estaba temerosa de que sus padres

fueran a enterarse de que estaba elaborando un plan que iba en contra de las reglas que le habían impuesto.

Las amarillas personitas y Papalotl esperaron y esperaron, hasta que llegó la noche y no hubo rastros de Citlali. Cabizbajos y meditabundos y no encontrando una explicación, se fueron a dormir, tristes, pero no vencidos y con la firme intención de elaborar otro plan para poder hablar con Citlali.

Itzmin, la oruga malvada y su marido Tzontli, la polilla, que observaron la larga espera de la nochebuena y la mariposa, se regocijaban del éxito obtenido al sabotear la reunión. Satisfechos de haber logrado su objetivo pudieron conciliar un sueño profundo.

Del otro lado de la ciudad se encontraba Tlepaltic a quien, desde que era niño le gustaba estar en contacto con la naturaleza, escuchar sus mensajes y vivir en sintonía con sus alrededores, con la flora y con la fauna. Seguido hablaba con flores, con insectos y pájaros, siempre respetando el medio ambiente y encontrando la manera de no afectarlo y dañarlo lo menos posible. De hecho, cuando estaba frustrado con la situación social, recorría muchas de las veredas arboladas para controlar sus emociones. Para ese entonces, la gente de la comunidad ya se había enterado de que este joven intrépido se había propuesto rescatar a esa hermosa niña de su aislamiento.

Pasaron algunos días y Papalotl volando en el pueblo escuchó esta noticia. Fue volando de regreso con sus amigos para comunicarles que sería una buena idea ayudar a este chico y elaborar un plan en conjunto con él. El joven era popular en la comunidad por sus ideas inovadoras y les daba suficiente confianza para suponer que no tenía malas intenciones y que al unir sus esfuerzos podría resultar fructífero.

Itzmin y su marido Tzonlti, se empezaron a preocupar porque también estaban cayendo en cuenta de que podría haber más personas protegiendo a Citlali, además de Tlepaltic. Tenían también que elaborar un plan con mayor impacto para poder impedir que la niña obtuviera su libertad.

Citlali se sentía sola, no sabía si había tomado la decisión correcta de no ir con las personitas que habían ofrecido ayudarle, ahora se encontraba como siempre, con ese sentido del vacío, de impotencia; se preguntaba si habría sido distinto si hubiese hecho caso a la bella mariposa y sus amigos en las nochebuenas. Ahora solo estaba esperando que la volvieran a buscar, tal vez esa hubiera sido la solución, tendría que probarlo.

Tlepaltic, seguía fijado en su misión, no tenía por qué dejar que mantuvieran a esa bella niña en esa desesperante reclusión; de alguna manera tenía que lograr su cometido. Abatido y cansado, una tarde se sentó en un colorido jardín de la plaza central. De pronto, así de la nada, escuchó como que le llamaban, volteó de un lado al otro y no había nadie, el sol se estaba poniendo y la gente se había ido a sus casas a comer y descansar. ¿Quién era, o se lo estaba imaginando?

Papalotl lo había encontrado ahí, sentado en la plaza, y tenía que lograr comunicarse con él para poder establecer un plan mediante el cual liberar a Citlali. El chico normalmente hubiera sido receptivo al llamado de la naturaleza pero se encontraba concentrado en la elaboración de su plan, y no escuchaba a Papalotl, tendría que intentarlo otra vez, esta vez gritó muy fuerte. Tlepaltic finalmente vio a la hermosa mariposa y cayó en cuenta que realmente le estaba hablando.

"Apuesto Tlepaltic, sabemos que estás buscando rescatar a la hermosa Citlali y queremos ayudarte, por favor ayudanos a elaborar un plan de

rescate." A lo cual respondió el joven, "Claro que sí, ¿donde tengo que ir?" Papalotl y Tlepaltic acordaron reunirse de alguna manera en el jardín de Citlali, aunque eso requería de un plan muy detallado de acción.

La oruga Itzmin y su marido Tzontli oyeron a Papalotl decirle a los ciatos que había podido hablar con Tlepaltic y que estaban elaborando un plan para salvar a Citlali. Ellos conocían algunos de los conjuros que se podían hacer para impedir que esos deseos llegaran a convertirse en realidad. El ambivalente dios azteca Xochipilli podía provocar y sanar enfermedades al mismo tiempo, por lo que podrían causar algún mal a Citlali.

Citlali, se había quedado pensando si había tomado la mejor decisión de no reunirse con los ciatos y no pasaba un día que no pensara en ello. Salía a buscar a Papalotl y al mismo tiempo seguía teniendo temor a reunirse con esas personitas que desconocía si no tuvieran algún otro fin. Tenía también temor a que sus padres se enojaran con ella por no seguir lo que le correspondía, según la tradición de su pueblo.

Tlapaltic se percató de que sería un poco difícil llegar al jardín para llegar hasta donde estaban los ciatos, por lo que Papalotl y él quedaron en que ella sería la emisaria entre él y los ciatos, de esta forma poco a poco podrían llevar a cabo ese plan que estaban ideando.

La oruga Itzmin pensó que podría pedirle a Xochipilli de causar alguna enfermedad en la niña y así evitar que se pudiera reunir con Tlapaltic. Juntos ella y su marido, reunieron todos los ingredientes necesarios para causar este conjuro.

Citlali se encontraba ayudando a su mamá un día, cuando sintió que le faltaban las fuerzas para sostenerse y un mareo acabó por desmoronarla sobre el suelo. Su madre corrió a ayudarla, pero se dio cuenta que había caído en un profundo sueño del que no supieron como despertarla.

La noticia corrió por todo el pueblo y por supuesto no había quien no quisiera ayudar. En primera fila estaba muy claro que era Tlepaltic, quien seguía teniendo comunicación con los ciatos con quien se estaba encariñando cada vez más. Se daba cuenta que Izel, Xaly, Yali, Neli, Iztli, Ameyali y Nochipa eran unos seres extraordinarios y con un conocimiento de la vida profundo. Ellos al ser hermafroditas, percibían la vida desde un punto de vista universal y comprendían los sentimientos tanto femeninos como masculinos. Con justa razón se habían percatado de la situación de Citlali y no podían permitir que continuara así, sobre todo porque sabían que como mujer tenía derecho a su libertad y a poder elegir su propio destino.

Por otro lado, la oruga y su marido la polilla peluda, se alegraban nuevamente de su triunfo y de como habían podido llevar a cabo ese conjuro tan macabro, a pesar de que no estaban seguros de su efectividad, lo habían logrado. Sin embargo, sabían que Xochipilli era un dios ambivalente y que, así como había logrado hacer caer en un sueño profundo a Citlali, también la podría despertar sin chistar.

Los ciatos y Tlepaltic con la ayuda de Papalotl continuaban investigando la mejor manera de deshacer ese conjuro y se pusieron a investigar las diferentes mezclas de inciensos y hierbas que pudieran despertar a Citlali. Así que después de mucha investigación, llegaron a elaborar un incienso que podría penetrar en la mente de Citlali y de alguna manera despertarla. Mezclaron copal y palo santo, que según los conocimientos medicinales aztecas, traen a los espíritus de los ancestros. Dichos espíritus habían reflexionado y a favor de dichos cambios en las tradiciones milenarias, había que impulsar a la juventud. Los espíritus

entendían que las niñas tenían todo el derecho de vivir y explorar sus deseos y necesidades, tal y como lo hacían los niños. Tlepaltic sabía que la ventana que daba al aposento donde yacía Citlali estaba muy cerca de los ciatos, entonces tenía que ver la forma de quemar el copal y que de alguna manera lo pudiera respirar la bella princesa.

Sin embargo, visto que los padres de Citlali estaban realmente desesperados para que despertara, idearon diferentes pruebas para comprobar que quien entrara a verla fuera efectivamente alguien con los conocimientos necesarios para lograrlo. Determinaron que habría dos pruebas a superar para entrar a verla. Primero, ser originario de Cuernavaca, segundo, encontrar las piedras sagradas. Una vez determinado el edicto, Tlepaltic puso sus manos a la obra, sabía que los ciatos eran lo suficientemente instruidos como para saber dónde estaban esas piedras y él también, como conocedor de la cultura y los lugares sagrados de Cuernavaca, podría ayudar a dar con su ubicación.

Sin embargo, los ciatos también sabían que cualquier persona que encontrara las piedras tendría igual oportunidad de despertarla, por lo que siguieron con el plan del copal para penetrar en la mente de Citlali y hacerle saber que Tlepaltic era su salvador, su futuro, ya que había demostrado con sus acciones y su corazón que realmente la quería.

Papalotl se dio a la tarea de llevar pequeñas piedritas de copal a la discreta hoguera que tenían en la habitación de Citlali para mantener una temperatura cálida. El aroma del copal poco a poco fue entrando en la mente de Citlali, donde en su sueño podía escuchar a los ciatos que le hablaban de este joven héroe que venía a salvarla. Estas pequeñas personitas le recordaban a las nochebuenas que estaban en su jardín que

solía ver cuando salía a llorar y a lamentarse de su soledad. Si, eran ellos y sabía que eran testigos de esos momentos de depresión y de impotencia, sabía de alguna manera que tenía que confiar en ellos.

Tlepaltic sabía dónde estaban las piedras sagradas y lo confirmó con los ciatos, pero también era consciente que no sería el único en saberlo y que habría otros que corrieran donde Citlali, superando las pruebas impuestas. Los ciatos y Papalotl esperaban haber hecho suficiente magia con el copal para convencer a Citlali de pedir por Tlepaltic, de hecho, pudieron ver el resultado de esto cuando escucharon rumores en el pueblo que Citlali empezaba a hablar en su sueño y pedía por Tlepaltic. Había un número bastante grande de jovenes interesados en probar a despertar a Citlali, pero habían escuchado que la bella niña pedía a un individuo específicamente. Los padres no querían ver a nadie que no fuera este joven que su hija murmuraba en la inconsciencia. Estaban muy tristes y desesperados y querían creer que su hija tenía la respuesta de su suerte.

Por su parte Tlepaltic, con la ayuda de los ciatos y Papalotl habían dado con las piedras sagradas y el valiente joven ya las tenía en su poder. La gente en el pueblo lo había empezado a buscar y a decirle que era él el elegido y que, tras superar las pruebas, podría tener acceso a la bella Citlali. No lo podía creer, pero sabía que el plan de los ciatos con Papalotl estaba funcionando y que ahora dependía de él que se lograra todo por lo que había estado luchando.

La oruga y su marido peludo, al enterarse de todo esto estaban pensando que si no hacían algo muy pronto Tlepaltic vendría a despertar a Citlali y su plan de evitar que la bella niña despertara y obtuviera su libertad iba a llegar a su fin. Sabían también que el dios Xochipilli había

estado escuchando a los ancestros y estaba empezando a convencerse de la libertad de las niñas y mujeres, y que pudieran ser parte activa de la comunidad. Sin embargo, también Xochipilli sabía que había una tercera prueba que necesitaba Tlepaltic para despertar a Citlali y liberarla de su yugo. De acuerdo con la costumbre azteca, después del nacimiento de las niñas, enterraban el cordón umbilical debajo de la casa, por lo que se tenía que recuperar ese objeto y destruirlo para absolver el conjuro. El dios Xochipilli les comunicó esto a Itzmín y Tzontli para que ellos decidieran si iban a permitir que Tlepaltic lo encontrara y lograra conseguir la libertad de la bella Citlali. Itzmin, después de escuchar esto y saber que esta tarea requería enterrarse y recorrer canales subterráneos, reconoció le resultaba conveniente ser oruga porque se le facilitaría moverse. Había que evitar que Tlepaltic llegara antes que ellos, su cuerpo de oruga lo podría lograr.

Los sabios ciatos, sobre todo Nochipa cuya especialidad era conocer las tradiciones ancestrales, recordó que probablemente era necesario recobrar el cordón umbilical que se encontraba bajo la casa y destruirlo para romper con ese con el conjuro y con la esa tradición tan injusta. Había que informar a Tlepaltic de esto y hacerlo pronto antes de que algún otro chico lo supiera y llegara antes que él; esa era la tercera prueba.

Esa noche ser reunieron con el apuesto chico, le contaron todo y determinaron que se tenía que hacer la búsqueda de inmediato. Juntaron las palas y las herramientas necesarias para poder llegar hasta ese lugar debajo de la casa junto a las cenizas. Iztli,el ciato que sabía mucho de construcción, le informó a Tlepaltic la mejor ruta para llegar a ese lugar específico.

Itzmin la orguga y Tzontli, la polilla, habían empezado su camino para descubrir el cordón umbilical, eran más pequeños y lentos, pero su

tamaño les permitía llegar a los lugares más recónditos debajo de la casa. Además, ellos estaban acostumbrados a vivir en la oscuridad y la falta de luz no les provocaba ningún inconveniente.

Tlepaltic debía tener mucho cuidado para evitar hacer mucho ruido y no despertar ninguna sospecha. Comenzó a excavar, convencido de que iba a encontrar ese preciado objeto y destruirlo para eliminar conjuros y todo el mal que representaba para la comunidad femenina de su pueblo. La noche era oscura y le costaba trabajo ver, lo único que podía hacer era acordarse de todos los puntos que le había dicho el ingenioso Iztli, el ciato constructor.

Itzmin la oruga avanzaba lentamente pero también escuchaba unos ruidos que cada vez se acercaban más hacia donde se encontraban ellos. Le dijo a su marido Tzontli la polilla de ir a investigar. Este regresó al poco tiempo para avisarle que Tlepaltic estaba excavando y muy cerca de la zona donde estaba el cordón umbilical. Habían querido creer que ya no iban a tener que lidiar con este chico, pero se dieron cuenta que estaba decidido y que, al parecer, nada lo podría detener.

Los ciatos Izel, Ameyali, Xaly, Yali, Neli, Iztli y Nochipa esperaban ansiosamente noticias de Tlepaltic y Papalotl también se encontraba a la espera porque no podía volar de noche. No supieron cuando finalmente se durmieron, pero definitivamente se despertaron con una gran preocupación de lo que habría podido suceder a Tlepaltic y si había dado con el famoso cordón umbilical.

El chico lo había encontrado, difícilmente, pero su búsqueda tuvo éxito. También había percibido mientras estaba debajo de la casa en la oscuridad una presencia extraña. Le había dado la sensación de que al

encontrar y destruir el cordón umbilical estaba dejando atrás un legado de manipulación y control hacía las mujeres, se les iba a ofrecer un futuro más brillante con una infinidad de posibilidades y de libertad. El aire se respiraba más limpio, de hecho, fue casi como ver una luz al final del túnel que él había cavado, era la luz de la salida, dejar atrás esa sociedad ancestral y entrar a un nuevo futuro lleno de oportunidades en el nuevo mundo.

Misión cumplida, ahora que había completado esa tercera prueba, la posibilidad de que Citlali saliera de ese sueño y de ese cautiverio era mucho más factible. Regresó a su casa y cayó rendido, al día siguiente lo iban a estar esperando en casa de Citlali.

Papalotl fue la primera en llegar a casa de Tlepaltic a ver qué había pasado y éste, después de contarle lo sucedido se bañó, vistió y arregló para ir a despertar a la bella durmiente. Papalotl por su parte fue a notificar a los ciatos de la buena noticia.

Los padres de Citlali ya lo habían localizado y le habían pedido de la manera más atenta que viniera. Al llegar a ese lugar donde tantas veces había querido entrar a ver a su preciada Citlali sin poderlo hacer, ahora lo estaban llamando para que viniera, no lo podía creer. Los ciatos y Papalotl estaban tan contentos de saber que finalmente habían logrado parte de su objetivo.

Tlepaltic fue recibido por los padres de Citlali, entregó sus piedras sagradas y comprobó que era un habitante de Cuernavaca. Sin más, habiendo superado estas pruebas, fue admitido y casi inmediatamente llevado a la habitación donde yacía Citlali.

En efecto, era más bella de lo que jamás hubiera imaginado, su pelo negro azabache y su piel canela. Yacía inmóvil, pero parecía que en el

momento en que entraba a la habitación se turbara un poco, como si sintiera su presencia. Tlepaltic se sentó a su lado y la llamó por su nombre, más seguía dormida, solo fue cuando se acercó a ella y le dio un beso en los labios que abrió sus ojos. La bella niña al verlo ahí, a su lado después de ese largo sueño esbozó una sonrisa y supo que su príncipe salvador había llegado. Los ciatos a través de sus sueños le habían hablado con la verdad, le habían dicho que su príncipe la había estado buscando y que era aquel con el cual podría construir un futuro porque la iba a respetar como mujer y como una persona con los mismos derechos que cualquier ser humano debería tener.

La oruga Itzmin y su esposo la polilla habían tratado de impedir que Tlepaltic destruyera el cordón umbilical allí en los canales subterráneos, pero al dios Xochipilli lo habían convencido los ancestros de que lo mejor era despertar a Citlali y dejarla vivir una vida feliz y con toda la libertad del mundo. El mismo dios Xochipilli permitió que el joven destruyera el cordón y acabó por enterrar a esa pareja egoista y cruel, Itzmin y Tzontli, debajo de la casa para que nunca pudieran salir a realizar sus malvadas fechorías. Y así, todos vivieron felices por el resto de sus vidas.

CUETLAXÓCHITL

La voz escondida de las flores,
El volcán con la cima nevada,
Las aves de brillantes colores,
Esa es la niña enamorada.

Los dioses y su poder,
El espíritu de esperanza,
La invitación a aprender,
Y el poder de la templanza.

Cuetlaxochitl y tu belleza,
Tu magia y tu carisma,
El rojo es tu naturaleza,
Vivirás siempre tú misma.

– Adria M. Gutiérrez Concannon

NOMBRES AZTECAS EN NÁHUATL Y SU SIGNIFICADO.

Ameyali	Manantial
Citlali	Estrella
Cuernavaca	Junto a los árboles
Cuetlaxóchitl	Nochebuena, flor de Pascua, Corona del Inca, Flor del Inca, Flor de Navidad, Estrella Federal.
Itzmin	Trueno
Izel	Única
Iztli	Obsidiana
Neli	Verdad
Nochipa	Siempre/eterna
Papalotl	Mariposa
Tlepaltic	Valiente
Tzontli	Pelo
Xaly	Arena
Xochipilli	Príncipe de las flores
Yali	Alegría

GLOSARIO

Ceremonias y rituales. Los aztecas seguían una práctica terapéutica que era más que nada una mezcla de magia, de conocimientos empíricos y de religión. La magia estaba presente en los métodos curativos y era común realizar ceremonias y rituales para resolver ciertas situaciones médicas. Asimismo, los dioses podían provocar enfermedades, como Xochipilli, que es un personaje en el relato (Manuel Pijoan en su artículo "Medicina y etnobotánicas aztecas").

Los ciatos. Uno de los personajes importantes en este cuento es la nochebuena, o flor de pascua como se conoce en otros países hispanos. Sin embargo, los verdaderos personajes son la parte central de la planta. Una descripción más científica de este núcleo son las inflorescencias en el ápice de los tallos, y son una única flor femenina sin pétalos, ni sépalos, rodeada por flores masculinas individuales contenidas en una estructura conocida como ciato. De cada ciato surge una glándula bilabiada de color amarillo que parece una pequeña cabeza. En el relato los ciatos son considerados hermafroditas porque de alguna manera la flor contiene la parte femenina y masculina, sobre todo para efectos de este cuento. (Wikipedia).

El Códice Mendoza. Dicho códice es un manuscrito con las leyes del imperio azteca. Entre los mandamientos se encuentra el cómo recibir a los hijos nacidos varones, así como lo que le estaba destinado a las mujeres. (Carlos Manuel Sanchez en su artículo "Códice Mendoza: los mandamientos de los aztecas").

SOBRE LA AUTORA

Adria es originaria de la Ciudad de México, México. Es egresada del Instituto Tecnológico y de Estudios Superiores de Monterrey con licenciatura en Administración de Empresas del Campus Monterrey. Adria también obtuvo una maestría en Relaciones Internacionales en la Universidad de East Anglia en el Reino Unido. Siempre con pasión por lo académico, Adria también estudia literatura española.

La literatura siempre ha sido un sueño para Adria y ahora está persiguiendo ese mismo sueño. Es una gran oportunidad para repasar todo lo que ha leído a través de su vida y ser capaz de producir su propia obra. Al estudiar literatura a nivel académico, ese aprendizaje y experiencia como persona hispana, la ha hecho recuperar valores y conocimientos que la han hecho entender porque este lenguaje es un activo muy importante en la comunicación internacional.

Cómo mexicana, también está muy orgullosa de su herencia y quiere compartir la rica historia de las poblaciones prehispánicas en su país. En este empeño, también se da cuenta que la importancia de ciertos personajes en esas culturas han cambiado y que los temas de igualdad e inclusión necesitan ser parte de esa literatura.

Adria también se ha enfocado en enseñar y escribir para las generaciones más jóvenes, porque es importante incluir tanto las tradiciones, como la herencia en el plan de estudio de las escuelas; los niños y los jóvenes deben estar orgullosos de sus orígenes, son los adultos del futuro.

Póngase en contacto con Adria en adria@adriampress.com. Visite su sitio web en AdriaMPress.com

SOBRE LA ARTISTA - VERÓNICA GREENE

Una influencia subyacente en el arte de Verónica ha sido su natal Ciudad de México. La fibra ha sido el medio central para sus expresiones. Ya sea que esté trabajando en la superficie de la seda usable, diseñando joyería, en las portadas de revistas, en piezas para los muros o reciclando papel para crear vasijas, su trabajo en sí mismo tiene un común denominador, y es la fuerza espontánea que trae la habilidad de articular la belleza y color que ve a su alrededor.

La galardonada artista, vive en St. Louis, Missouri, trae a usted divertidas acuarelas para inspirar su imaginación y hacer de esta historia maravillosa, parte de su misma liberación y empoderamiento.

An Aztec
Story of Friendship
The Road to Liberation
and Empowerment

Adria M. Gutiérrez Concannon
Illustrated by Verónica Greene

An Aztec Story of Friendship
The Road to Liberation and Empowerment
Adria M. Gutiérrez Concannon
Adria Press, LLC

Published by Adria Press, St. Louis, MO

Editor/Proofreader: Dr. Ana Montero
Illustrator: Verónica Greene
Cover and Interior design: Davis Creative Publishing Partners, DavisCreative.com

Publisher's Cataloging-In-Publication Data
(Prepared by The Donohue Group, Inc.)
Names: Gutiérrez Concannon, Adria M., author. | Greene, Verónica, illustrator.
Title: Un cuento azteca de amistad : el camino hacia la liberación y el empoderamiento / Adria M. Gutiérrez Concannon ; ilustrado por Verónica Greene = An Aztec story of friendship : the road to liberation and empowerment / Adria M. Gutiérrez Concannon ; illustrated by Verónica Greene.
Other Titles: Aztec story of friendship
Description: St. Louis, MO : Adria Press, LLC, [2021] | Bilingual. Full Spanish version followed by full English version.
Identifiers: ISBN 9781737734406 (paperback) | ISBN 9781737734413 (ebook)
Subjects: LCSH: Friendship--Fiction. | Solitude--Fiction. | Sex discrimination against women. | Liberty--Fiction. | Feminism--Fiction. | Aztecs--Folklore. | LCGFT: Folk tales. | BISAC: FICTION / Hispanic & Latino. | FICTION / Action & Adventure. | FICTION / Fairy Tales, Folk Tales, Legends & Mythology.
Classification: LCC PQ6707.U849 C84 2021 (print) | LCC PQ6707.U849 (ebook) | DDC 863.7--dc23

ATTENTION CORPORATIONS, UNIVERSITIES, COLLEGES AND PROFESSIONAL ORGANIZATIONS: Quantity discounts are available on bulk purchases of this book for educational, gift purposes, or as premiums for increasing magazine subscriptions or renewals. Special books or book excerpts can also be created to fit specific needs. For information, please contact Adria Press, adria@adriampress.com, Adriampress.com.

DEDICATION

For you, John K Concannon, for your love of México and its culture,
and for the wonderful human being you will eternally be.
Part of the earnings go John K Concannon fund
https://charity.gofundme.com/o/en/campaign/johns-signet-ring-fund

I want to acknowledge Elizabeth Concannon, who was originally going to
be the illustrator of this book. She was always involved in art organizations
throughout her life, her artwork won awards in many parts of the United
States. It would have been an honor to have her be my illustrator, but
unfortunately she passed away before the book was completed.
Here are some of the original illustrations we worked on.

An Aztec
Story of Friendship

Once upon a time there was a beautiful house in the lush and the wooded area of Cuernavaca. In this house there lived an elegant couple that had been yearning a child ever since they got married. They had performed special ceremonies and rituals to the different gods so that they would deliver them a son, and when they found out that the wife was pregnant, they waited anxiously for the arrival of the baby.

According to the Aztec tradition, the midwife would yell while receiving the newborn male before the umbilical cord was cut and swaddle him up, because the birth was like a combat and the baby, a captured warrior. The father had been waiting to hear that yell from the midwife, but unfortunately, he never heard it. So, on that very awaited day, the gods gave them a loving and healthy baby girl. The Aztec tradition for girls was basically warning them that they had come to a place of hardship, work, and anguishes. Their umbilical cord was buried under the ashes of the house because their destiny was to never leave.

The father was especially disappointed and throughout the growth of the beautiful baby, he had been very cold and distant until now that the girl was turning into an attractive woman. He had followed the Aztec tradition and the house had become some sort of prison for the girl.

Citlali, as they had named her, lived a very lonely life, locked up because of that prohibition. She was not allowed to go out to play, she was very shy and was ashamed to be a woman, she was afraid of establishing

relationships. She was yearning to communicate, chat with someone that could understand her, to whom she could explain her situation. She would often go to the garden so full of flowers and cried, not suspecting that someone might be observing her.

In the nucleus of the poinsettias were the cyathia, who were small yellow people in the center of the plant surrounded by beautiful red leaves. These little people were hermaphrodites and had a genderless vision of things, but at the same time they recognized the balance and fairness there should exist between male and female. They were concerned, until one day, after watching Citlali break into an uncontrollable sob, they decided to establish a plan to save her from this unfair situation.

There were seven partners that lived together in the poinsettia: Izel, Xaly, Yali, Neli, Iztli, Ameyali y Nochipa. These little people could not move because they were confined to the center of the leaves of the plant, and they needed to somehow communicate with Citlali. They definitely needed the help of anyone of their flying friends: the bees, the bumble bees, the butterflies or the wasps amongst others. They started to deliberate because they knew that they had to find someone that would not scare Citlali or that she might not trust. They concluded that the one that could carry out the task was Papalotl, the colorful monarch butterfly.

So, after a night of little sleep and thinking of solitary Citlali, at the crack of dawn they waited anxiously for the arrival of Papalotl to come and absorb the sweet elixir that they so generously provided. It was an almost magical elixir, as a matter of fact these broad lipped yellow little people possessed certain supernatural powers that they used only when absolutely necessary.

It was not long before thirsty Papalotl landed, the very beautiful monarch butterfly, that knew the nice and small garden of Citlali's family. She had just started absorbing the precious liquid when the cyathia took her by surprise.

"Papalotl, sorry to startle you, but we wanted to ask you a special favor", said Yali, the bravest of the cyathia. They then went on to explain the idea of talking to Citlali so that she would come to them and give her some advice to alleviate her from her solitude.

There in the shadows was someone who was somehow learning about the cyathia's plan. It was Itzmin the caterpillar, she would always remain in the larva form for the rest of her life, she would never become a chrysalis and turn into a butterfly to be free and beautiful. She was so envious of the liberty and beauty of the butterflies, Itzmin would make sure that the message should never arrive to Citlali; she was also lonely, she knew that her destiny was marked with the inability of ever developing wings, grounded on earth, always in the darkness, the same way the girl was suffering. Her husband was a hairy moth that could fly, but his hours were always those during the night, in the darkness, therefore they decided to be a couple.

The cyathia were worried about the message they had to send Citlali, so they asked Papalotl to convince her of coming to speak to them and help her out of her tormented state.

Furthermore, there was a handsome boy called Tlepaltic that had heard the rumor about this pretty girl whose parents did not allow her to go out. He was a very courteous young man from a modest family and with very deep inclusion and civic values. He had had some problems with

his parents because he supported equal rights for women, and wanted to leave behind the archaic traditions; for this reason, and some curiosity, he decided to investigate more about this pretty girl and find a way to rescue her from her situation. He slowly started asking and finding out how to contact the parents of the girl whose name he discovered was Citlali.

On a sunny day that Citlali went out to the garden, Papalotl flew around her, a bit dubious if it was the right moment to speak to her or not. After some thought, she threw herself in a smooth flight and placed herself in some flowers close to her. Papalotl also knew that her own beauty would attract the girl's attention, and that is exactly what happened, Citlali started looking at her, admiring the attractive colors of her gorgeous wings. The butterfly started talking to her, first it was barely a whisper, then she increased the volume until the girl could not believe that she was listening to a butterfly speak.

"Hello lovely girl, my friends the cyathia, that you can better identify as poinsettias, have seen you cry in the garden when you feel lonely, and they want to help" said Papalotl.

Citlali was very surprised first because she was listening to a butterfly speak and then to find out that she was being observed, answered, "The truth is that I don't know who you are and neither who the cyathia are and if I can trust you".

"Don't worry, I know them well and the only thing they want to do is see you happy and free", Papalotl indicated. The girl, after doubting a bit, accepted the invitation the beautiful butterfly was offering her and arranged to meet with the wise cyathia.

Itzmin, the evil caterpillar had already spoken to her husband about sabotaging the cyathia's plan. She had been listening attentively to the beautiful Papalotl talking to Citlali and that same night she indicated to her husband Tzontli to somehow communicate with Citlali and prevent her from meeting the cyathia.

When evening came, Tzontli the moth was able to go into Citlali's bedroom and laying down close to her bed, hiding, started whispering, very quietly, but clear, words that would confuse Citlali in not trusting Papalotl. He did it in a way that would appear the girl was dreaming.

The next morning Citlali woke up tired, as if she had had a nightmare, whose main character was Papalotl. She started thinking, "Would this butterfly be someone I can trust, is she saying the truth about the cyathia?"

When the day for the planned meeting arrived, it happened to be a sunny one with spring temperature, as this town of Cuernavaca was known for, Papalotl, Izel, Xaly, Yali, Neli, Iztli, Ameyali, and Nochipa waited for the arrival of Citlali.

Citlali in turn, had thought very closely about the nightmare, the message was to disregard the butterfly and not to meet these little people. She felt confused, on the one hand something told her these characters did not wish her well, but on the other hand there was some doubt, and she was also afraid her parents might find out she was elaborating a plan that went against all the rules that had been imposed on her.

The yellow little people and Papalotl, waited and waited until night fell upon them and there were no signs of Citlali. Downcast and pensive and not finding any explanation why she had not shown up, they went

to bed, sad, but not defeated and with the firm intention of elaborating another plan to be able to talk to Citlali.

Itzmin, the evil caterpillar and her husband Tzontli, the hairy moth, had observed the poinsettia and the butterfly's long wait and were delighted about their success sabotaging the meeting. Satisfied with achieving their objective, they were able to fall into a deep sleep.

On the other side of the city was Tlepaltic, who from a young age enjoyed being in contact with nature, listen to its messages and live according to his surroundings, with the flora and the fauna. He often spoke to the flowers, with the insects and birds, always respecting the environment and finding a way not to impact or harm it in any possible way. As a matter of fact, he would actually walk through the wooded trails to control his feelings. By then, the people of the community knew that Tlepaltic had set himself to rescue this beautiful girl from her isolation.

Some days went by and Papalotl flying through the town heard this. She went back to her friends to communicate that it would be a very good idea to help this young man and elaborate a plan together with him. He was a popular person in the community for his innovating ideas and they felt they could trust him and assume he did not have bad intentions and uniting the efforts could turn out advantageous.

Itzmin and her husband Tzontli, started worrying because they also realized that there would be more people protecting Citlali, besides Tlepaltc. They also had to elaborate a plan with a bigger impact to stop the girl from getting her freedom.

Citlali felt alone, she didn't know if she had made the right choice of not going with the little people who had offered to help, now she found herself as always, with that sense of impotence, would it had been different if she had paid attention to the beautiful butterfly and her friends the poinsettias. Now she was only waiting for them to look for her again, maybe that would have been the solution, she would have to prove it.

Tlepaltic, was fixed on his mission, he could not allow them to keep that pretty girl in that desperate reclusion, somehow, he had to achieve his task. Downhearted and tired, one afternoon he sat down by the colorful garden in the central plaza. Suddenly, out of thin air, he heard they were calling him, he turned to one side and the other and there was nobody, the sun was setting, and people had gone back home to eat and rest. Who was it, or was he imagining it?

Papalotl had found him there sitting at the plaza and she had to communicate with him to establish a plan to liberate Citlali. He would have normally been receptive to the call of nature, but he was concentrated in the elaboration of his plan and was not listening Papalotl, she would have to try once again, and this time she shouted loudly. Tlepaltic finally saw the beautiful butterfly and realized she was really talking to him.

"Handsome Tlepaltic, we know that you are looking to rescuing pretty Citlali, and we want to help, please join us in planning". To which the young man answered, "Of course, where do I have to go?" Papalotl and Tlepaltic agreed to meet somehow at Citlali's garden, although that required a very detailed action plan.

Itzmin the caterpillar and her husband Tzontli heard Papalotl tell the cyathia that she had been able to talk to Tlepaltic and that they were

working together to save Citlali. They had knowledge of some spells they could cast to prevent those wishes from becoming true. The ambivalent god Xochipilli could cause or heal sicknesses at the same time, so they could make Citlali become ill.

Citlali had been thinking if she had made the right choice of not meeting with the cyathia, and not one day had gone by without her asking herself about it. She would go out looking for Papalotl and at the same time, she was afraid of meeting those little people she did not know and could have other intentions. She was also afraid her parents would get mad at her for not following through with the traditions of her town.

Tlepaltic realized that it would be very difficult to get to the garden where the cyathia were, so Papalotl and him agreed that she would become the messenger between them, this way little by little they would carry out this plan they were devising.

Itzmin the caterpillar thought she could ask Xochipilli to cause an illness to the girl and prevent her from meeting Tlepaltic. Together she and her husband gathered all the necessary ingredients to cause this spell.

Citlali was helping her mom one day, when she felt her strength was not enough to keep her from falling and dizziness made her collapse. Her mother ran to help her, but she realized she had fallen into a deep sleep from which they did not know how to wake her up.

The news traveled throughout the town and there was not one person that did not want to help. On the front row was very clearly Tlepaltic, who continued having communications with the cyathia with whom he was growing fonder of. He realized that Izel, Xaly, Yali, Neli, Iztli Ameyali and Nochipa were some extraordinary beings and with a deep

knowledge of life. They were hermaphrodites, they perceived life from a universal point of view and understood the feminine and masculine feelings likewise. With good reason, they had grasped Citlali's situation and would not allow it to continue, especially because they knew that as a woman, she had the right to her freedom and the choice of her own destiny.

On the other hand, the caterpillar and her husband, the hairy moth, were rejoicing their triumph and their ability to carry out their macabre incantation, and even if they had not felt sure about its effectiveness, they were able to carry it out. However, they knew that Xochipilli was an ambivalent god and that in the same way he had made Citlali fall into this deep sleep, he could also wake her up any moment.

The cyathia and Tlepaltic with the help of Papalotl were still investigating the best way to undo the spell and they were researching the different mixtures of incenses and herbs that would get the job done. So, after much research they were able to elaborate an incense that could penetrate Citlali's mind and somehow wake her up. They mixed copal and palo santo, sacred ingredients that bring back the spirits of the ancestors. These spirits had thought about it and were in favor of changing the millenary traditions, youth had to be encouraged. The spirits understood that the girls had the right to live and explore their wishes and needs the way the boys did. Tlepaltic knew that Citlali's bedroom window was very close to where the cyathia were, he had to find a way to burn the copal and have the beautiful princess breathe it.

However, since Citlali's parents were desperate for her to wake up, they had figured out tests to prove that whoever came in to see her was

someone with enough knowledge to achieve it. They determined that there were two tests they had to pass to be able to see her: first, they had to be originally from Cuernavaca and second, find the sacred rocks. Once the edict was determined, Tlepaltic got down to work, he knew that the cyathia were sufficiently knowledgeable to know where those rocks were and he too, with his familiarity with the culture and the sacred places of Cuernavaca, could determine where it, too

Nevertheless, the cyathia knew that any person that found the rocks would have the same opportunity of seeing her, so they went along with the copal plan to penetrate Citlali's mind and let her know that Tlepaltic was her savior, her future, because he had shown with his actions and his heart that he really loved her.

Papalotl gave herself to the task of taking small little pieces of copal to the discreet fireplace they had in Citlali's bedroom to keep a mildly warm temperature. The aroma of the copal slowly was entering Citlali's mind and in her sleep she could hear the cyathia talking to her about this heroic young man that came to save her. These little people reminded her of the ponsiettas that were in her garden, whom she saw when she went out to cry and feel sorry for her loneliness. If it was them, she knew they were witnesses of her moments of depression and helplessness, she knew she had to somehow trust them.

Tlepaltic knew where those rocks were and confirmed with the cyathia, but he was also aware that he was not the only one to know about them and that there would be others that would run to Citlali's after completing the tasks. The cyathia and Papalotl were hoping to have produced enough magic with the copal to convince Citlali to ask

for Tlepaltic, as a matter of fact, they could see a result of this when they heard rumors around the town that Citlali started talking in her sleep and was asking for Tlepaltic. There was a big number of interested young men that wanted to try and wake her up, but they had heard that the pretty girl was asking for a specific individual. The parents didn't want to see anybody that was not this young man that their daughter was murmuring in her sleep. They were very sad and desperate and wanted to believe that their daughter had the answer to her future.

Tlepaltic in turn, with the help of the cyathia and Papalotl had found the sacred rocks and the courageous young man had them in his power. The people of the town had started looking for him and telling him that he was the chosen one and that, after completing the tasks, he could have access to the beautiful Citlali. He could not believe it, but he knew that the plan with the cyathia and Papalotl was working, and now it was up to him to obtain all he had been fighting for.

The caterpillar and her hairy husband, after finding out all about this were thinking that if they didn't do anything quick, Tlepaltic would come and wake Citlali up and their plan to prevent this and obtaining her freedom would come to an end. They also knew that the god Xochipilli had been listening to the ancestors and was convincing himself that girls and women should be free and should become an active part of the community. However, Xochipilli also knew that there was a third task that Tlepaltic needed to wake Citlali up and free her from her oppressed state. According to the Aztec tradition, after the girls' birth, they would bury the umbilical cord under the house, so they had to recuperate that object and destroy it to absolve the spell. The god Xochipilli told Itzmin

and Tzontli about this part of the deal, to let them decide if they were going to allow Tlepaltic to find and set pretty Citlali free. Itzmin after hearing this and realizing that this task required going under the earth and creating underground holes, turned out to be convenient being a caterpillar, because it would be easy for her to move. They had to arrive before Tlepaltic, her caterpillar body would be able to make it.

The wise cyathia, especially Nochipa whose specialty was to know the ancestral traditions, remembered that it was probably necessary to recuperate the umbilical cord that was located under the house and destroy it to break the spell and such an unfair tradition. Tlepaltic had to be informed and do it quick before any other young man found out and arrive before he did, this was the third task.

That night they got together with the handsome lad, they told him all about it and determined that the search should have to be made immediately. They got together shovels and the necessary tools to get to the place under the house close to the ashes. Iztli, the cyathium that knew a lot about construction, informed Tlepaltic the best route to get to that specific place.

Itzmin the caterpillar and Tzontli the moth had already started their way to discover the umbilical cord, they were smaller and slower, but their size allowed them to get to the most secluded places under the house. In addition, they were accustomed to living in the darkness and the lack of light did not cause them any inconvenience.

Tlepaltic had to be very careful to avoid making too much noise and not arouse any suspicions. He started excavating, convinced that he would find that precious object and destroy it to eliminate the spells and

all the evil that it represented for the feminine community of his town. The night was dark, and it was hard for him to see, the only thing he could do was remember all the points and locations that the ingenious Iztli had told him, the building expert cyathium.

Itzmin the caterpillar advanced slowly but could also hear noises that seemed to be getting closer to where they were. He told Tzontli, the moth, to go investigate and he came back shortly after to tell her that Tlepaltic was digging very close to the umbilical cord area. They had wanted to believe that they were not going to deal with this young man, but they realized that he was set and that it seemed there was nothing to hold him back.

The cyathia Izel, Xaly, Yali, Neli, Iztli, Ameyali, and Nochipa were anxiously waiting news from Tlepaltic and Papalotl, who was also waiting because she could not fly at night. They did not know when they finally fell asleep, but they definitely woke up with a great concern over what could have happened to Tlepaltic and if he had found the famous umbilical cord.

The young man had found it, it had not been an easy quest, but it was successful. He had also felt while he was under the house, a strange presence. He had sensed that by finding and destroying the umbilical cord, he was leaving behind a legacy of manipulation and control over women. He was going to offer a brighter future with a countless possibilities and freedom. The air he was breathing was cleaner, in fact, it was like seeing a light at the end of the tunnel, the one that he had dug, it was the light coming from the exit, leaving behind an ancestral society and entering a new future full of possibilities in a new world.

Mission accomplished, now that he had completed this third task, the possibility that Citlali could awake from the sleep and this captivity was more feasible. He returned home and felt exhausted, the next day they were expecting him at Citlali's house.

Papalotl was the first one to arrive to Tlepaltic's house to find out what had happened and he, after telling her the story, took a bath, got dressed up and got ready to wake up the sleeping beauty. Papalotl in turn, notified the cyathia of the good news.

Citlali's parents had already located him and had asked him politely to come. At the arrival to the place where many times he had wanted to go in and see his precious Citlali without being able to do it, they were now asking him to come, he could not believe it. The cyathia and Papalotl were very happy to know that he had finally achieved his goal.

Tlepaltic was received by Citlali's parents, he handed them the sacred rocks and proved he was an inhabitant of Cuernavaca. Without further ado, and having completed the tasks, he was admitted and almost immediately taken to the room where Citlali lay.

Sure enough, she was more beautiful than he could have ever imagined, her jet-black hair and her cinnamon skin. She lay motionless, but it seemed like the moment he was entering the room she stirred a little, like if she felt his presence. Tlepaltic sat down beside her and called her by her name, but she remained asleep, it was only when he moved close to her and kissed her in the lips that she opened her eyes. The beautiful girl seeing him there by her side after a long sleep smiled and knew that her savior prince had arrived. The cyathia through her dreams had told her the truth, they had told her that her prince had been looking

for her and that it was him with whom she would be able to build a future because he was going to respect her as a woman and as a person, with all the rights that any human being should have.

Itzmin the caterpillar and her husband had tried to stop Tlepaltic from destroying the umbilical cord there in the underground tunnels, but the god Xochipilli had been convinced by the ancestors that the best thing was to wake Citlali up and let her live a happy live with all the freedom in the world. The same god Xochipilli allowed the young man to destroy the cord and ended up burying the selfish and cruel couple, Itzmin and Tzontli, under the house so that they never again do their acts of villainy. And therefore, they all lived happily ever after.

CUETLAXÓCHITL

La voz escondida de las flores,
El volcán con la cima nevada,
Las aves de brillantes colores,
Esa es la niña enamorada.

Los dioses y su poder,
El espíritu de esperanza,
La invitación a aprender,
Y el poder de la templanza.

Cuetlaxochitl y tu belleza,
Tu magia y tu carisma,
El rojo es tu naturaleza,
Vivirás siempre tú misma.

– Adria M. Gutiérrez Concannon

AZTEC NAMES IN THE NÁHUATL LANGUAGE AND THEIR MEANING.

Ameyali	Fountainhead
Citlali	Star
Cuernavaca	Close to the trees
Cuetlaxóchitl	Poinsettia, Flower of Easter, Crown of the Inca, Flower of the Inca, Flower of Christmas, Federal Star.
Itzmin	Thunder
Izel	Unique
Iztli	Obsidiane
Neli	Truth
Nochipa	Always/eternal
Papalotl	Butterfly
Tlepaltic	Courageous
Tzontli	Hair
Xaly	Sand
Xochipilli	Prince of the flowers
Yali	Happiness

GLOSSARY

Ceremonies and rituals. The Aztecs followed a therapeutic practice that was basically a mixture of magic, empirical knowledge and religion. The magic was present in the curative methods and it was common to carry out ceremonies and rituals to solve certain medical situations. In addition, the gods could cause sicknesses and/or cure them, like Xochipilli, the character in the story (Manuel Pijoan in his article "Medicine and the Aztec ethnobotanicals").

The cyathia (cyathium=singular, cyathia=plural). An important character in this story is the poinsettia, or flower of Easter, as it is known in other Hispanic countries. However, the real characters are the central part of the plant. A more detailed description of this nucleus are the inflorescences at the apex of the stem, they are single feminine flower, without petals, or sepals, surrounded by individual masculine flowers contained in a structure known as the cyathium. From each cyathium a yellow two lip gland emerges that looks like a small head. In the story the cyathia are considered hermaphrodites because in some way the flower contains a feminine and masculine part, for the effects of the story.

The Mendoza Codex. This codex is a manuscript with the laws of the Aztec empire. Among the commandments, is how to receive the baby boys, as well as what was destined for the girls. (Carlos Manuel Sanchez in his article "Mendoza Codex: the Aztec commandments".)

ABOUT THE AUTHOR

Adria is originally from Mexico City, Mexico. She graduated from the Instituto Tecnológico y de Estudios Superiores de Monterrey with a bachelor's degree in Business Administration from the Monterrey Campus. Adria has also earned an MA in International Relations from the University of East Anglia in the UK. Always a passionate student, Adria also studies Spanish Literature.

Literature has always been a dream for Adria and now she is pursuing that dream. It is a great opportunity to review all the literature she has read throughout her life and be able to produce her own. While studying Spanish literature all that knowledge and experience as a Hispanic person, has made her able to recover the values and knowledge that has made this language such an asset in communication worldwide.

As a Mexican she is also very proud of her heritage and wants to share the rich history of the pre-Hispanic populations throughout her country. In that endeavor, she also realizes that the importance of certain characters in those cultures has shifted and that equality and inclusion topics need to be included in the literature.

Adria has also focused on teaching and writing for younger generations because it is important to include tradition, as well as heritage, as part of their school curriculum; the children and young should be proud of their origin, they are the adults of the future.

Contact Adria at adria@adriampress.com. Visit her website at AdriaMPress.com

ABOUT THE ARTIST - VERÓNICA GREENE

Path of an Artist

An underlying influence on Veronica's art has been her native Mexico City. Fiber has been the core medium for her expressions. Whether she is working on the surface design of wearable silk, designing jewelry, the covers of journals, wall pieces or recycling paper to create bowls, her work has in itself a common denominator, and that is the spontaneous force that brings about the ability to articulate the beauty and color she sees all around her.

This award-winning artist, living in St. Louis, Missouri, brings to you fun watercolors to inspire your imagination and make this wonderful story part of your own liberation and empowerment.

CPSIA information can be obtained
at www.ICGtesting.com
Printed in the USA
BVHW011614161221
624206BV00001B/8